KB145618

김향아 제2시집

시인의 말

하루 하루의 일상에서
자연을 노래하고
삶을 예찬하며

피어나는 꽃잎에도
부는 바람에도
떨어지는 낙엽에도

그 무엇도 우연이란 없다는 걸
사랑으로 느끼며

나의 조그만 사색의 공간에서
소박한 감성을 일깨워
노래하고 싶었다

김향아 시인

* 목차 *

* 목차 *

QR 코드

스마트폰으로 QR 코드를 스캔하면
시낭송을 감상할 수 있습니다.

제목 : 늦은 밤
시낭송 : 김락호

제목 : 상처
시낭송 : 박영애

* 목차 *

* 목차 *

QR 코드

스마트폰으로 QR 코드를 스캔하면
시낭송을 감상할 수 있습니다.

제목 : 지우개
시낭송 : 박영애

존재의 의미

하늘이 있기에
바다가 있고
겨울이 있기에
봄이 있다

어둠이 있기에
빛이 있고
나무가 있기에
꽃과 잎이 존재한다

미움이 있기에
사랑이 있고
죄가 있기에
용서가 있다

만남이 있기에
이별이 있고
슬픔이 있기에
기쁨이 존재한다

그대가 있기에
내가 있고
그대가 있기에
사랑이 존재한다

오직 한사람

밤에 빛나는 건
달과 별 그리고 네온사인
수없이 많은 빛이 빛나지만
낮엔 태양 하나로 온 세상을
비추는 것처럼
수많은 사람들 중에
내 마음을 가득 채우는 사람은
오직 한사람. 바로 그대

어디로 갔을까

그토록 추웠던 긴긴 겨울은
따뜻한 봄바람에 밀려
어디로 갔을까

꽃내음 가득 안고 먼 길 찾아 온 봄은
그 예쁜 꽃을 다 버리고
뜨거운 여름 햇살에 밀려
어디로 갔을까

넓게 장막을 펼치고
무더위로 기승을 부리는 이 여름은
곧 다가올 가을에 밀려
또 어디로 가려나

사랑하는 이여!
보고 싶은 임들이여!
그대들은 무엇에 밀려
어디로 갔나요

비와 옛생각

뜨겁던 햇살이
대지를 달궈 놓더니
열기를 식히려는 듯
시원하게 비가 내린다

오늘처럼 비가 내리는 날엔
유독 그리워지는 옛 생각
대지는 빗물에 흠뻑 젖고
나는 옛 생각에 흠뻑 젖는다

시간을 모아 둘 수 있다면
오늘처럼 주룩주룩 비가 내리는
이 시간을 차곡차곡
모아 두고 싶다

비도 내리지 않는 어느 여름날
자연도 지치고 나도 지칠 때
한두 시간씩 내어다 앞에 두고
시원한 차 한 잔 음미하면서
옛 생각에 흠뻑 젖어
행복했던 지난날들로 돌아가
오늘처럼 시간여행을 할 수 있을 텐데

세월아, 잠시 쉬었다 가면 안 되겠니?

세월아
너는 어디로 가는 거니?

비가 와도 가고
눈이 와도 가고
밤에도 가고
낮에도 가고
봄이면 지천에 예쁜 꽃 피어
잠시 쉬었다 가라는데도
냉정하게 뿌리치고 가고
가을엔 예쁜 단풍 물들어
아무리 유혹해도
뒤도 안 돌아보고 가고
겨울엔 폭설과 강풍으로
가는 길을 꽁꽁 얼려 놓아도 가고
여름엔 뜨거운 열기와 장맛비로
길을 막아도 가고

너따라 가려니 이렇게 힘드는데
넌 지치지도 않고
앞만 보고 잘도 가는구나

첨엔 좋아라. 따라 나섰고
나중엔 호기심에 따라 나섰고
어느 시점에선
당연한 것처럼 따라 나섰는데
이젠 좀 쉬었다 가고 싶구나

세월아,
잠시 쉬었다 가면 안 되겠니?

바다에 오면

철썩이는
파도 소리가 좋다
멀리 보이는 작은 섬은
호기심을 한 아름 안고 있다

하늘과 맞물려 있는
수평선 너머에는
가끔씩
목적지를 알 수 없는
나룻배가 지나가고

잔잔히 간질이는 바람에
온몸을 맡긴 채
가물가물 꿈틀거리며
살아있음을 나타내는 물결

한적하면서 고즈넉한 품 안
언제와도 질리지 않아서
난 오늘도 너를 찾는다

내가 널 좋아하는 마음이
변하지 않는 것처럼
너의 푸름과 철썩대는 환호성으로
언제나 그렇게 반겨주렴

목련꽃

눈이 부시도록
하얀 너의 두툼한 옷은
그 옛날 왕족이나 입었을 듯한
고급스런 원단에
촉감은 비단결이요
향기 또한 명품이니
네가 도도한데는
그럴만한 이유가 있었던 게야

꽃잎이 한 꺼풀씩 떨어져 바닥에 뒹굴어도
쉽게 밟지 못하고
애써 발길을 피하여 딛게 되는 걸 보면
너의 도도함 만큼이나
너의 위엄 또한 대단했나 보다

벚꽃(1)

피면서 웃고
피어있는 동안 웃고
떨어져 내리면서 웃고
바닥에 뒹굴면서 웃고
지나가는 나그네
발길에 밟히면서 웃고

온몸이 부서져도
웃음을 잃지 않는 너는
점점 웃음을 잃어가는 세상에
다시 웃음을 가리키고 오라는
하늘의 뜻을 가지고 왔나 보다

벚꽃(2)

온 거리가
온 마을이
온 나라가
너의 웃음소리로
들썩거리는구나

그래, 맘껏 웃어라
목청껏 웃어라
원 없이 웃어라

세상이 너로 인해
웃음 천국이 되도록
소리 내어 더 크게 웃어라

아름다운 세상

손에 닿을 듯
가깝고도 먼 곳에
솜털 구름 한 점 띄워
여름 햇살 가려주는
유리알 같이 투명한
하늘이 아름답다

실개천가에
흐드러지게 피어 있는
들꽃이 향기롭고
숲속 어딘가에
목청껏 노래하는
이름 모를 새소리가 정겹다

시야가 확 트인
해안가에 서면
갯내음 물씬 나는
바람 불어와
몸과 마음 식혀 주는
쪽빛 바다가 아름답다

하늘과 땅
바다의 품에서 살아가는
우리네 인생이 아름답다

그리움

어둠이 내려앉아 거리가 쓸쓸해지니
문득 생각나는 한 사람
그대가 많이 보고 싶어집니다

그대와 걸었던 바닷가
그곳에 가면 만날 것 같아
한걸음에 달려갔습니다

파도 소리는 여전히 철썩이고
저 멀리 등댓불도 가물거리며 반기는데
정작 그대는 보이지 않네요

백사장에 수없는 발자국을 따라 걸어도 보고
달려오는 파도와 장난도 쳐보고
멀리서 깜빡이는 등대와 한 참을 눈 맞춤도 해보고
행여 왔을까 연신 뒤를 돌아보지만
다정하게 걷는 연인들 사이에
여전히 혼자인 나를 봅니다

그대가 보고파 찾아간 바닷가
그리움만 한 아름 안고
철썩이는 파도 소리를 뒤로한 채
되돌아오는 길이 쓸쓸했습니다

백지로 보내는 편지

그대에게 할 말이 있어
펜을 들었습니다
하고 싶은 말이 너무 많아
무슨 말부터 써야 할지
한참을 망설였습니다

그런데 웬일일까요
하고 싶었던 말은 하나도
생각나지 않고
머릿속이 온통 하얗기만 합니다

하얀 종이 위에 떠오르는
환하게 웃는 그대의 모습에
쓰려는 말도 잊은 채
나도 덩달아 웃습니다

그대에게 보내는
오늘의 편지에는
점 하나 찍지 못한 채
나의 웃음만 가득 담은
백지로 보냅니다

천년의 사랑을 위하여

한 시간을 하루처럼
하루를 일 년처럼
일 년을 십년처럼
십년을 백년처럼

그리고
백년을 천년처럼 살다 보면
내가 꿈꿔 온
천년의 사랑을 이룰 수 있겠지

오늘도 난
그 사랑을 위해
하루를 일 년처럼 살아간다
천년의 사랑을
꽃피우기 위하여

가을이 오고 있네

아침에 눈을 뜨면
창틈으로 스며드는
서늘한 바람에서
가을 냄새가 물씬 느껴진다

찬 기운 품은 바람에
나뭇잎이 사르르 떨고 있고
여름 내내 목 놓아 울어
이제는 쉰 듯한 목소리로
지친 듯 울어대는 귀뚜라미 소리가
가을을 느끼게 한다

알 수 없는 외로움이 밀려와
하얀 그리움으로 변하여
파란 하늘 뭉게구름 타고
어딘가 목적 없는 여행을 떠날 때

퇴색된 낙엽 하나 떨어져
바람 따라 흩날리는 모습이
가슴 아려 오는 게
가을을 느끼게 한다

떨어진 낙엽

아직은 가을이
제 색깔 내기에는 이른 늦여름이건만
무슨 사연 있었기에
도시의 콘크리트 바닥에
퇴색된 낙엽 하나 처절히 뒹굴고 있다

긴 여름 무더위 목마름 잘도 이겨 냈건만
고운 단풍 물들기 전에 초록빛 청춘에서
고령의 갈 색옷 입고
콘크리트 바닥에 뒹구는 낙엽에겐
무슨 사연 있었을까

점점 높아만 보이는 파란 하늘은
그저 말없이 바라만 보고
철없는 바람 홀연히 불어와
낙엽의 등을 간지럽히며
같이 놀자 하네

옛 생각

아스라이 멀어져 간 옛살비 혜음에

먼 산 바라 볼 제 노고지리 우짖는다

하롱하롱 마파람이 다가오니

그리운 아띠의 노랫가락

옛살비 나릿물에 아롱진다

득달같이 내려앉은 땅거미

가선엔 사부자기 이슬이 맺힌다

* 아스라이 - 아득히 * 옛살비 - 고향 * 노고지리 - 종달새
* 마파람 - 남쪽에서 부는 바람 * 나릿물 - 냇물
* 혜음- 생각 * 득달같이 - 조금도 머뭇거림 없이(갑자기)
* 가선 – 눈시울,(눈가)에 진 주름 * 사부자기 - 살며시
* 아띠— 옛친구

차라리

피할 수 없고
돌아갈 수 없는 길이라면
차라리 쉬었다 갈지언정 포기하지 말자

떠나보내고
눈물로 밤을 지새울 거라면
차라리 내가 더 사랑하고 보내지 말자

귀하게 찾아온 인연
곱게 싹틔우고 싶다면
차라리 내 가슴을 옥토로 만들어 보자

용서할 수 없는 일에 용서를
이해할 수 없는 일에 이해를
차라리 사랑으로 세상을 보듬어 보자

인생의 배낭

태어나 어른이 되면서
온갖 걸 가득 담은 배낭
무겁게 짊어지고 세상을 걸었다

때론 숨 가쁘게 뛰기도 하고
때론 모진 비바람 부딪치며 걸었지만
인생이라는 게 호락하지만은 않더라

지금쯤 배낭의 무게가 가벼워진 건
마음을 비워서 성숙한 게 아니라
힘들 때마다 하나씩 내려놓아서지만

넘지 못할 현실이라는 벽에 부딪칠 때마다
내가 가진 능력의 한계를 겸허히 받아들여
뒤로 물러서는 것도 배웠다

이제는 가벼워진 배낭만큼
허 해지는 마음 쓴웃음을 짓지만
그래도 최선을 다한 나 자신에게
아낌없는 박수를 보낸다

가을이 오는 소리

자박자박
저 멀리에서
가을이 걸어오면

열기 머금은 하늘은
더위에 지친 듯
하얀 뭉게구름 뒤로 숨고

사그락사그락
나뭇잎 옷 갈아입는 소리에
밤잠을 설친다

또르르 구르는 도토리 소리
매미 떠난 고요한 숲 속의
적막을 깨우고

망사 날개옷 부끄러운 듯
더욱 붉어진 고추잠자리
코스모스 꽃잎 뒤로 숨는다

가을

언제 왔을까
소리도 없이 어느새 가까이 와 있네
하늘거리는 코스모스의 예쁜 몸짓이
가을을 가져다 놓았나 보다

점점 높아만 가는
유리알처럼 투명한 하늘엔
예쁜 하얀 구름 솜사탕처럼 떠다니고

손만 뻗으면 잡힐 것 같은 솜사탕 구름
한입 베어 물면 사르르 녹아
입안 가득 달콤함이 베어날 듯하고

황금 물결 넘실대는 저 들판은
풍요의 약속인양 금빛으로 빛난다

고운 옷 차려입은 속이 꽉 찬 과일들은
달달한 맛을 바람결에 내어 준다

사랑 그리고 이별

여름에 내리는
소나기를 사랑했다
밤낮없이 울어대는
풀벌레 소리를 사랑했고
철썩이는 파도 소리를 사랑했다
그 뜨겁던 햇살을 막아주는
키가 큰 나뭇잎들이 주는
시원한 그늘을 사랑했고
한낮에 푹푹 찌는
더위마저 사랑했다

아침저녁 선선한 바람 부는 걸 보니
이젠 보내야 할 때가 왔나 보다
어떤 연유에서든
이별은 그렇게 즐겁지만은 않다
빨리 지나가길 바랬었는데
정작 보내야 한다 생각하니
알 수 없는 허전함이 밀려드는 건
이것도 이별이기에
내 마음이 차마 보내지 못하고 있나 보다

처음처럼

너를 처음 보았을 때
하늘에서 별이 내려온 줄 알았어
빛나는 너의 모습에
눈을 뜰 수가 없었거든

너를 처음 보았을 때
내 심장이 고장 난 줄 알았어
멈추었다 뛰었다
제멋대로 였었거든

너랑 처음 만나던 날
난 천국에 와 있는 줄 알았어
세상은 꽃향기로 가득했고
내 눈에 보이는 넌
영락없는 천사였거든

너를 알고부터 처음으로
시계를 원망했었어
멈추어 주지 않는 시간이
참으로 야속했거든

시간이 지나면서 서서히
변해 가는 너를 보았어
많이 원망했었고
가슴이 아팠었지

세월이 지나서야 알게 되었어
하늘 아래 있는 모든 건
시간이 지나면 변해 간다는 걸
모든 게 처음처럼 있어 준다면
세상은 더욱 아름다울 텐데…….

은행잎이 물들면

살짝 수줍은 듯
덧니를 드러낸
웃는 모습이 매력적이고
도시의 멋스러움이
캠퍼스를 빛나게 하던
그때도 가을이었죠

용두산 공원엔 유난히
은행나무가 많아서
이맘때 쯤이면
하늘도 땅도 온통 노랗게 물들어
그냥 가만히 앉아만 있어도
그림이 되고 시가 되고

흩날리는 은행잎을 바라보며
벤치에 앉아 있는 모습을 담으려
어느 잡지사에서 나온 듯
열심히 카메라에 담고 있었고
그 모습이 재미있어 웃음까지 보여 주며
포즈를 취해 주었던 그때 그 가을은
변함없이 때가 되면 찾아오는데
어디로 가셨나요
간다는 인사도 없이

그곳에도 지금쯤
은행잎이 물들고 있겠지요
옛 생각이 바람에 날리는
은행잎 따라 찾아옵니다
해마다 찾아오는 가을
노랗게 물드는 은행잎이 물들면

커피

언제부턴가
익숙해져 버린 너의 향기
이제는 습관처럼
젖어들곤 하지

문득, 옛 친구가 보고 싶어질 때
바쁜 현실에서 벗어나고 싶을 때
너는, 옛 친구의 모습이 되고
말벗이 되기도 하지

한 모금 마실 때쯤이면
한 시간 전의 일들이 생각나고
두세 모금 마실 때쯤이면
어제의 일들이 생각나고

한 잔을 비울 때쯤이면
20년 30년 전으로 가 있는 나를 만나고
빈 잔을 내려놓을 때쯤이면
텅 빈 식탁에 앉아 있는
나를 느낀다

나를 외롭게 하는 너

너 때문에 난
매일이 행복하다
네가 있어
나의 존재감을 느끼고
너로 인해
세상은 온통 무지갯빛이다

내 마음을 가득 채우고
내가 살아야 할 이유를 알려주며
내게 내일의 희망을 한 아름 안겨주는

바로 그런 너 때문에
지금 나는 외롭다
그것이 너를 사랑하는 댓가라면
나는 기꺼이 외로움을 안고 살아가리라

그대여(1)

그대여!
난 그대의 마음을 보았어요
길을 걷다 들꽃이 예뻐
생각 없이 눈을 돌렸지만
그 눈길마저도 그대에겐
아픔이라는 걸

하지만 정작 알지 못하네요
맑은 하늘에 솜사탕처럼 고운 구름이
마음을 흔들어도
백합의 고고함이 자태를 뽐내며
유혹의 향기를 날려도
그대와는 비교할 수 없다는 걸

그대여!
우리가 걷는 길이 어찌
평탄하기만 할까요
때론 거친 비바람이 몰아 친대도
짙은 안개에 가려 한 치 앞이 보이지 않아도
거센 파도를 거뜬히 넘는 저 어선처럼

서로의 힘이 되고 위로가 되어
어떤 난관에도 굴하지 말고
우리의 가슴속에 피어있는 사랑의 힘으로
세상을 활짝 꽃피워 가자구요

그대여(2)

그대여
다시 태어난다면
우리는 무엇이 되어
다시 만날까요?

그대가 꽃이 된다면
나는 벌이나 나비가 되고
그대가 나무가 된다면
나는 나뭇잎이 되어
그대에게 갈래요

내가 파도가 된다면
그대는 바람이 되고
내가 하늘이 되면
그대는 해 달 별이 되어
나에게 오세요

그대여
그 무엇이라도 좋으니
그대는 내게
사랑으로 오세요
나도 그대에게
사랑으로 가겠어요

소중한 사람(2)

세상의 어떤 꽃도
당신만큼 향기롭진 못하고
밤하늘에 어떤 별도
당신만큼 빛나진 않아요

봄 햇살이
아무리 따뜻해도
당신에게 느껴지는 따뜻함과
비교할 수 없어요

나를 위해 세상에 와 준
당신이 너무 고맙고
당신을 만나기 위해
험한 세상 거절 않고 달려왔으니

우리가 잡은 두 손 놓지 말고
서로의 힘이 되고 기쁨 되어서
변함없는 믿음과 사랑으로
소중한 행복나무 키워 나가요

첫눈

첫눈이 내린다
예쁜 꽃잎이 낙하하듯
바람에 춤을 추며 내린다

연인들의 가슴에
사랑으로 내리고
모든 이의 마음에
설렘으로 내린다

기쁨이 되어 내리고
희망이 되어 내리고
그리움이 되어 쌓인다

늦은 밤

칠흑 같은 어둠이
깊어 갈수록
내 마음은 하얗게
빛을 밝힌다

지나간 세월들이
하나둘 생각 날 적마다
뼈를 깎는 듯한 그리움에
긴 한숨 허공으로 날려 보낸다

인생이라는 게 뭔지
조금은 알 것 같은 건
그만큼 아픔도 많았겠지만
마음의 상처가 깊었나 보다

세월이 소리 없이 가버린 것처럼
낙엽이 맥없이 떨어져 버린 것처럼
사랑했던 사람들은 그렇게 어느 날
인사도 없이 떠나 버렸다

가고 오는 게 세상의 이치라면
한 번쯤 찾아올 만도 한데
그곳은 어떤 곳이기에
한 번 가면 올 수가 없는 걸까

그리움에 시려 오는 빈 가슴
아련한 추억으로 밤을 지새우고
창틈으로 스며드는 찬 기운이
스멀스멀 가슴속으로 스며든다

제목 : 늦은 밤
시낭송 : 김락호
스마트폰으로 QR 코드를 스캔하면
시낭송을 감상할 수 있습니다.

어디로 갔을까 2

빨갛게 노랗게 차려입은
고운 단풍들은 모두
어디로 갔을까
누가 더 곱게 단장 하는지
앞다퉈 차려입더니
앙상한 가지만 홀로 남겨 놓은 채
흔적도 없이 사라져 버렸다

희미한 가로등 불빛 아래
차가운 바람이 싫었는지
이리저리 흔들리며 떨고 있는
마른 나뭇가지가
이 밤 왠지 슬퍼 보인다

여름의 풍성함과
가을의 화려함이 그리웠을까
흔들리는 가지에서 그리움이
뚝뚝 떨어진다

지나간 날들은 왜 이리
가슴을 시리게 하는지
달빛을 벗 삼은 마른 나뭇가지에서
떠난 옛 임들의 모습이 아롱진다

사색

가끔은
그러고 싶은 때가 있다

일상에서 벗어나
봄 햇살 청해
무릎 위에 앉혀 놓고
덮어 두었던 책도 읽고
커피 한 잔과
클래식 음악에 취해도 보고
철저한 유체이탈로
자신을 돌아보기도 하고
각과 날이 선 마음을
달래도 보고
바닥 없는 낮은 곳으로
가라앉아도 보고
졸리면 졸다가
가고 싶은 곳 생각나면
훌쩍 떠나보기도 하고
보고 싶은 이 있어
망설임 없이 달려가 보기도 하고

가끔은
그러고 싶을 때가 있다

보고 싶은 사람들

깊은 밤 혼자 우두하니
창밖을 보다가 울어 버린 건
혼자 보는 밤거리가
외로워 보이기도 했지만
지나버린 세월의 흔적들이
그곳에 아른거렸기 때문이었다

메마른 나뭇가지 사이로
스산한 바람이 스칠 적마다
옛 생각이 하나둘
가슴속을 파고든다

보고 싶은 사람들
그러나 만날 수 없는 사람들
시간 지나면 잊힐 거라 생각했는데
아련한 그리움으로 가슴속에 쌓여 있다

추적추적 내리는 밤비에
메말라 타버린 가슴을 적시고
갈라지고 상처 난 마음에
희망의 싹 틔우고 싶다

흰 눈

옛 생각 그리워 잠 못 드는
깊어가는 겨울밤
소리 없이 내린다
하얀 꽃잎 흩날린다

옛 생각 가득 담아
창틀에 소복이 내려놓고
찬바람에 떨고 있는 나뭇가지 위에
살포시 내려앉아 감싸 안는다

세상이
하얀 꽃잎으로 덮인다
온갖 수치스러움이
하얀 카펫으로 덮여진다

무겁게 깔려있는 캄캄한 어두움을
하얀빛으로 밝힌다

생일

언제부턴가 생일이 되면
기쁨보다는 슬픔이 앞선다

어릴 적
엄마가 끓여 주시던 미역국
이제는 내 손으로 끓여
자축을 한다

엄마의 손맛을 내 보려 하지만
아무리 노력해도
그 맛이 아니다

언제까지나 곁에서
지켜 주실 거라 생각했는데
세월은 무심하게도
두 번 다시 볼 수 없는 곳으로
모셔 가 버렸다

일남 삼녀의 막내딸로 태어나
유독 사랑을 듬뿍 받았던 이유를
이제는 알 것 같으다

다른 자식들보다 같이 할 수 있는 시간이
가장 짧다는 걸 아셨음인데
그 깊은 뜻을 그땐 왜 몰랐을까

엄마 그리고 아빠
지금의 제 모습을 보고 계시나요
제게 주셨던 그 사랑 못 잊어
이런 날이면 더욱 그리워하는
당신들이 사랑하시던 막내딸의 모습을요

사랑합니다
그리고 감사합니다
생전에 못했던 고백을
이제야 전합니다

예쁜 케이크에다 제가 아닌
당신들을 위하여 불 밝혀 드립니다

선풍기

그 옛날
지독하게 무덥던 여름밤
냉장고에 얼려 두었던 수박 한 덩이
엄마의 가벼운 손놀림에
예쁜 삼각형 모양으로 다듬어진다

한 조각씩 베어 물며 모여 앉아
도란도란 얘기꽃을 피우며 깔깔대던 곳
시끌벅적 시간 가는 줄 모르며
밤을 지새우던 곳

선풍기 앞은 항상
여름의 아랫목이 되곤 했었다

아련한 그리움만 남기고
어디론가 홀연히 떠나시더니
다시는 돌아올 기미가 없고
텅 빈 자리에 선풍기는 여전히 돌고 있다

욕심

내 마음에
평화를 무너뜨리는 것
때로는 남에게
피해를 주는 것
아무리 채워도
채워지지 않는 것
남과 북이 화합되지 않는 것
친구와 친구 사이를
갈라놓는 것
가족과 가족이 멀어지는 것
이웃과 이웃이 멀어지고
모든 관계를 무너뜨리는 것
어디에도 쓸모없는 것

그래서 버렸다
아니, 버린 줄 알았다
그런데 뒷주머니에
꼭꼭 숨겨져 있었다

바람이 머물다 간 자리

아침에 동이 트면
청아한 새소리로
하루의 일상이 열린다

왁자지껄
정겨운 목소리와
분주한 움직임으로
어느덧 해가 저물고

밤하늘 별들이 내려와
어둠의 정적을 깰 즈음
달빛 아래 모여앉아
이야기꽃으로 밤을 지새우던
내 부모 형제들이 모여 살던 곳

지금도 귓전에 들리는
오빠의 게걸스런 목소리
박꽃처럼 활짝 피는 언니의 미소
그 모습 어여뻐 함박웃음 웃으시며
이런저런 먹거리를 내어 오시던
내 어머니 그리고 자상하신 아버지

이젠 모두 바람 따라 세월 따라
머나먼 곳으로 떠나버리고
옛 생각에 짙은 어둠이 하얗다
꿈이었을까
오늘처럼 잠을 잊은 날 밤엔
그리움이 안개처럼 내려앉는다

수많은 추억을 가슴에 남긴 채
바람처럼 떠나버린 사랑하는 임들
그곳에선 행복하실까
바람이 머물다 간 자리가 시리다

상처

길을 걷는다
누군가가 만들어 놓은 상처
아팠던 곳을 밟으며
편하게 걷는다

한 번의 혹독한 상처가
많은 사람들을 편하게 하지만
아직은 아물지 않은 고통에
서러움을 토해 낸다

허락 없이 만들어 놓은 길
누군가에게는 편함이 되고
누군가에게는 아픔으로 남아서
지울 수 없는 상처로 남는다

앞으로도 몇 번의 소나기가 내리고
따뜻한 햇살이 감싸 안으면
그땐 무뎌진 상처가 되어
그대 지나가는 발길을
아낌없는 사랑으로 감싸 안으리

제목 : 상처
시낭송 : 박영애
스마트폰으로 QR 코드를 스캔하면
시낭송을 감상할 수 있습니다.

입춘(立春)

저 언덕 너머
꽃바람 불어오더니
자박자박
봄아씨 걸어온다

한풀 꺾인 겨울바람
물오른 나무 뒤에 숨고
촉촉해진 대지를 뚫고
꿈틀꿈틀
잠자던 새싹들이 눈을 뜬다

성질 급한 목련 아씨
그리움 머금은 볼록한 볼
이른 비 내리는 날
기다리던 임이 오면
하얀 미소 번지겠다

지식보다는 지혜

내가 목을 곧추세워
세상을 보았을 때
기쁨보다는 아픔과 괴로움이 더 많았고

내가 지식을 앞세워
세상을 보았을 때
배려보다는 시기와 질투가 난무하였네

뻣뻣한 목을 접고 아래를 보았을 때
뭉개지고 짓밟혀도
굴하지 않는 잔디의 웃음을 보았고

탐욕을 버리고 겸허히 세상에 귀 기울이니
낮은 곳으로 흐르는
시냇물 소리가 들리고

나를 내려놓고 비워서 하늘을 보니
참 평안과 만족함이
마음 깊은 곳에서 샘솟듯 솟아오르네

안부

끊어서는 안 될
천륜의 인연이건만
물과 기름처럼
한마음 되지 못하니
조금씩 멀어지는 마음
천 리 먼 길 와 버렸네

생각하면 야속한 마음
피할 길이 없고
몸은 가까이 있어도
마음이 천 리 밖에 있으니
이렇게 마음으로 묻습니다
잘 지내고 있는지…….

크리스마스

그 옛날 어린 시절
언덕 위에 조그마한 예배당
새벽을 알리는 종소리
아침을 깨운다

예쁜 그림 카드 만들어
사랑하는 사람들에게
고사리 같은 손으로 마음을 담아
순수함을 전했고

열심히 연습했던
연극 발표
목청껏 불렀던 캐럴 송

아쉽다 그 시절이
멀어져 간 추억들이

오늘밤 문득

날마다 맞는 밤이건만
그리움을 한 아름 안겨다 주는
이 밤이 왠지 낯설다

짙어가는 어두움만큼이나
옛 생각이 짙어 간다

삶이 가져다주는
바쁜 현실 때문에 잠시 잊고 살았던

내 어릴 적 꿈을 키우던
그곳에 가고 싶다

그때 그 사람들은 없겠지만
추억 주우러 가고 싶다

그리운 이들의 흔적을 찾아서
웃고 울었던 향기를 찾아서

그곳에 반기는 이 없어도
나 거기 가서 한바탕
서러움을 토해 내고 싶다

원망과 불평

세상일이 내 맘대로 되지 않는다 하여
세상을 등지고 살 수 없듯

사람이 내 마음에 맞지 않는다 하여
내 마음에 맞는 사람만 보고 살 수 없듯

가는 길이 험하고 거칠다 하여
가던 길을 포기할 수 없듯

원망은 원망을 낳고
불평은 불평의 꼬리를 문다

사랑은 사랑을 부르고
감사는 감사함을 부르니

원망과 불평은 털어 버리고
사랑과 감사함으로 세상을 맘껏 보듬어 보자

생명의 축제

먼 길 돌아
찾아오는 길이
순탄치만은 않았을 텐데
감미로운 듯 투박하게 내려앉는
바람의 몸짓

늦게 온 것 같으나
숨 가쁘게 달려온 듯
몰아쉬는 바람의 거친 숨소리
목련나무 가지에서 봄이 핀다

한파를 견뎌 낸
고마운 숨결이
얼었던 대지를 깨우더니
드디어
생명탄생의 축제가 시작된다

동병상련(同病相憐)

가슴이 답답하다
마음에 먹구름이 잔뜩 끼어
한 치 앞을 볼 수가 없다
머릿속이 온통 미세 먼지가 끼어
생각은 정지되었고
숨이 막혀 심장이 멎을 것 같다

한바탕 눈물이라도 쏟아 내면
답답한 마음이 풀어지려나, 했더니
하늘이 먼저 울어 버린다
주르륵 눈물을 쏟아 내리더니
우르릉 쾅쾅
소리까지 내면서 서러움을 쏟아 내린다

누가 울렸을까
지금의 내 마음만큼 답답했나 보다
봄꽃은 저리도 곱게 웃고 있는데
하늘과 나는 동병상련(同病相憐) 되어
서로를 부둥켜안고
한참을 그렇게 울었다

정보화 시대

눈만 뜨면 쏟아지는
유익한 정보들

뭐는 어디에 좋고
어디에는 뭐가 좋고

이럴 땐 저게 좋고
저럴 땐 이게 좋고

참 편해진 세상
그래서 백세시대인 듯

그러나 정작 중요한 건
때가 지나서야 알게 되고

그때 알았더라면 하는 아쉬움에
마음만 상한다

정보가 빠르고
과학이 발달했다지만

사람이 주는 관심과 사랑과 배려보다는
한 발 느리고 무지할 뿐이다

아름다운 착각

한낮의 햇살 뒤에는
노을이 올 걸 모르고

짙게 깔린 어두움 뒤에는
동이 틀 줄 몰랐네

녹색의 푸르름 뒤에는
갈색빛 낙엽 되어 떨어질 걸 몰랐고

어린아이가 자라서
엄마, 아빠가 된다는 건 모른다

이 모든 건, 한 치 앞을 모르고 사는
착각이라지만

사랑하는 사람 곁에 영원히 머물러
행복에 젖고 싶은 건

깨어나고 싶지 않는
아름다운 착각이다

그래서 그랬던 거야

알면서 모르는 척
모르면서 아는 척

강하면서 약한 척
약하면서 강한 척

잘 웃으면서 냉정한 척
차가우면서 따뜻한 척

잘하면서 못하는 척
잘못하면서 잘하는 척

화나면서 웃는 척
기분 나쁘면서 양보하는 척

상냥하면서 무뚝뚝한 척
무뚝뚝하면서 상냥한 척

마음은 너만 바라보는데
내 눈은 다른 사람들만 바라보았어

모두에게 상냥하면서
너에게만 관심 없는 척했었지

사실은 너를 많이 좋아했었거든

아침

어둠의 터널을 지나
꿈길의 추억과 손을 흔들고
부스스 눈을 떴을 땐
별과 달은 숨어 버렸고
밤을 지새운 가로등은 깊은 잠에 빠져
고개를 떨구었다

코끝을 자극하는 상큼함
아침이 주는 귀한 선물
누구도 스치지 않은
밤새 걸러 낸 맑은 공기

깊게 들여 마시는 호흡에
온몸의 세포가 하나둘 기지개를 켤 때
아침은 창문 너머에 장막을 펼치고
어서 나오라는 듯
맑은 햇살이 눈웃음을 친다

봄

어둡고 암울했던 겨울
칼바람의 횡포에
숨소리마저 떨렸던
동지섣달 긴긴밤

그리운 임 올세라
밤낮을 지새우며
동토(凍土)의 긴 터널을
빠져나왔다

초목들의 생동하는 모습
꽃이 피고 잎이 피고
새들마저 어우러져
임 소식을 알려 주니

버선발로 뛰어나가
양팔 벌려 맞이하고
벚꽃들의 웃음소리에
진달래의 양 볼이 붉어진다

어디로 가고 있는 걸까

짜깍 짜깍
오늘도 시계바늘은
쉬지 않고 돌아간다

거리마다 바쁘게 움직이는
발걸음들은 어디론가
총총히 사라지고 있다

찬란하게 떠오르던 태양도
붉게 타오르는 저녁노을만 남긴 채
어디론가 떠나간다

힘겹게 피어난 예쁜 꽃
귀엽게 솟아나는 떡잎과 자리바꿈하며
미련 없이 떨어져 내린다

계절은 또 다른 계절에게
자리를 내어주며 떠나고
사랑하는 사람들 기약도 없이 떠나간다

덩달아 조급해지는 내 마음
누군가에게 쫓기듯 부산히 걸어간다
모두들 어디로 가고 있는 걸까

가끔은 그럴 때가 있다

따뜻한 사람들 틈에서
호흡하고 있는 순간에도
문득 심한 소외감을 느낄 때가 있고
행복만이 가득할 것 같은 특별한 날에도
철저히 혼자가 되어 소리 없이
울고 싶은 날이 있다

친구를 만나 소리 내어 웃다가도
웃음 끝에 스며드는 허탈감에
우울해질 때가 있고
호흡이 곤란할 정도로
할 일이 쌓여 있는 날에도
머리로 생각할 뿐
가만히 보고만 있을 때가 있다

늘 한결같기를 바라지만
때때로 찾아오는 변화에 혼란스러워
세상이 흔들려 보일 때가 있고
자아도취에 빠져 한없는 만족에 취하다가도
문득, 나의 부족함이 느껴져
하염없이 작아지는 나를 볼 때가 있다

마음 편한 게 좋더라

똑똑한 자식
잘난 자식보다
마음 편하게 하는 자식이
효자라 했던가

잘 생긴 남자
출세한 남자보다
마음 편하게 하는 남자가
나는 좋더라

장미꽃은 아무리 예뻐도
가시가 달려 있으니
늘 조심스럽고

화려하지 않지만
바닥에 깔린 잔디랑 두리뭉술 어우러져 피는
크로버 꽃이 나는 좋더라

폼 나는 옷이나 신발보다는
몸에 편한 걸 찾듯
사람도 편한 사람이 나는 좋더라

한결같이 밝게 웃어 주는 여유와
어떤 말을 하더라도 따뜻한 위로가 되어주는
푹신한 스펀지 같은 그런 사람

나 또한 누군가에게
삶이 힘들 때면 언제든지 찾아와
한쪽 어깨 내어 주며 쉼을 줄 수 있는
하늘을 닮은 편한 사람이 되고 싶다

만리포 해수욕장

철썩이는 파도 소리 들으며
넓고 긴 백사장을 걷고 싶다면
만리포 해수욕장을 가보라

아스라한 지평선 입술에
넓고 길게 펼쳐진 백사장
파도의 흔적이 아롱진다

안타까운 듯 애잔하게
백사장을 안고
마주 보고 서 있는 두 산봉우리

그리움은 연신 하얀 거품 앞세우고 밀려와
길게 드리운 백사장을 어루만지며
갯내음 물씬 풍겨 놓고 사라진다

저만큼 파도가 떠난 자리에
수줍은 듯 하얀 속살 드러낸 긴 백사장
햇살이 내려앉아 쉬하고 있다

그 사랑 영원할 줄 알았다

꽃은 피었다 지고
단풍잎 곱게 물들어
바람 따라 떠나간대도
그 사랑 떠나지 않고
영원할 줄 알았다

밀물이 썰물 되어 떠나고
흰 눈 내려와 흔적 없이 사라지고
빗방울 떨어져
강물 따라 흘러 버려도
그 사랑 변치 않고
영원할 줄 알았다

싱그럽던 나뭇잎이 낙엽 되어 떨어지고
지구가 수없이 돌고 돌아도
그 사랑 변함없이
영원할 줄 알았다

세상의 모든 만남이
때가 되면 떠나고
새로운 만남으로 시작된다지만
내게 찾아온
그 사랑 영원할 줄 알았다

이별의 연속

오늘이라는 하루를 맞아
기쁜 마음과 설렘으로
하루를 보냈었는데
해지고 어둠이 내려앉으니
떠날 때가 되었다며
서둘러 발길을 재촉한다

아쉽고 허전한 마음에
졸린 눈 부릅뜨고 붙잡았지만
꿈길 한번 다녀오니
오늘의 모습이 보이질 않는다

어디로 갔을까
두리번거리며 찾아봤지만
오늘의 햇살이 방긋 웃으며
어제는 떠났으니
잊으라고 한다

또 다른 설렘으로
새로운 오늘을 맞이하지만
떠나간 어제가 내 마음에 머물러
아련한 그리움으로 서성거리니
오늘은 이별부터 준비하련다

당신도 그런가요

오늘은 참
많이 보고 싶습니다

그동안 잘 있었는지
오늘은 어떻게 지냈는지

내일은 무얼 할 건지
가끔씩 내 생각은 하고 있는지

바다처럼 넓은 가슴으로
세상을 사랑하고, 자연을 사랑하며

나보다 더 나를 아껴주는 사람
낙엽 떨어지는 소리에도 눈물을 글썽이는 사람

눈에 보이는 행동보다
보이지 않는 마음이 더욱 따뜻한 사람

그런 당신이 오늘은 참
많이 보고 싶습니다

행복

사소한 오해로 서먹해진 친구가
어느 날 전화가 와서 차 한 잔 하자고 할 때

잃어버렸다 생각했던 물건이
우연히 서랍 속에서 발견되었을 때

나의 작은 행동과 배려에
상대가 무한한 기쁨을 느낄 때

깊은 밤 창문으로 넘어오는 달빛이
알 수 없는 마음의 평안을 안겨줄 때

힘들다며 찾아온 친구에게 경험담으로 해준 말이
커다란 위로가 되었다며 밝게 웃을 때

인적 없는 시골길에서 무거운 짐을 들고
힘겹게 걷는 노인에게 목적지까지 모셔다드렸을 때

예쁜 꽃길을 걸을 때, 곱게 물든 단풍잎을 볼 때
아무도 밟지 않은 하얗게 쌓인 눈길 위를 걸을 때

청명한 가을 하늘에 하얀 뭉게구름 떠 있는 걸 보았을 때
아침에 떠오르는 태양을 볼 때, 저녁노을을 볼 때

사랑하는 사람의 웃는 모습을 볼 때
그리고 수줍게 내 손을 잡아 줄 때

인생 예찬

오늘도 새로운 아침을 맞이한다
밤새 빛을 발하던 별과 달도
떠오르는 태양에게 자리 내어주고
편안한 휴식에 잠겼다

다람쥐 쳇바퀴 돌리듯
매일이 반복되는 듯하지만
오늘은 어제와 달랐고
내일은 오늘과 다를 것이니
매일이 가슴 설레는 일이다

기쁨이 영원하지 않다면
슬픔 또한 영원하지 않으리니
내일 다시 떠오를 태양을 생각하며
짓누르는 욕심부터 내려놓고
편안한 마음으로
인생이라는 여행을 즐겨보자

웃음의 양념과 배려의 디저트로
화려한 오늘의 밥상을 감사함으로 받아
슬픔과 좌절로 찾아온 손님은 보내고
기쁨과 희망으로 찾아온 손님과 마주 앉아
오늘이라는 인생 최고의 순간을 만끽하자

비 오는 날에는

비 오는 날에는 편지를 씁니다
예쁜 종이에 한 줄 두 줄 쓰다 보면
깨알 같은 글씨가 어느새 두툼해지고
수신자도 없는 봉투를 들고
우체국을 향하여 걷는 길이
왠지 허전함을 느낍니다

비 오는 날에는
따뜻한 커피를 마십니다
예쁜 커피 잔에
김이 모락모락 나는
향이 좋은 커피를 마시다 보면
당신이 많이
그리워집니다

비 오는 날에는
빨간 우산을 들고
거리를 나섭니다
목적지도 없이 걷다 보면
나도 몰래 어느새
당신의 집 앞에서
서성이는 나를 봅니다

나를 슬프게 하는 것들

공원 벤치에 앉아 있노라니
비둘기 떼가 모이를 찾아 날아든다
그중에 한 마리
어디에서 다쳤는지 절룩거리며
힘겹게 걸으며 먹이를 찾는 모습이
나를 슬프게 한다

산길을 오르다 마주친
하늘을 향해 웅장하게 솟아 있는 소나무들
그중에 한 그루
누런 잎이 아픈 듯
낙엽을 떨구며 힘없이 서 있는 모습이
나를 슬프게 한다

무덤까지 함께 가자던 옛 친구
언제부턴가 소식이 끊어지고
몇 해가 지나도록 만날 길 없어
앨범을 펼치고 빛바랜 사진을 보니
아련한 추억 속 친구의 해맑게 웃는 모습이
나를 슬프게 한다

영원히 내 곁을 지켜줄 것 같았던
사랑하는 사람들
훌쩍 떠난 빈자리가 너무 커
세월이 지나도 지워지지 않는 그리움이
나를 슬프게 한다

마음 하나

하늘이 넓다지만
내 마음보다 좁고
바다가 깊다지만
내 마음보다 얕다

마음 하나 잘못 다루면
온 세상이 암흑천지요
마음 하나 살짝 돌리면
온 세상이 지상낙원이다

마음 하나에 천국을 얻고
마음 하나에 지옥으로 떨어지니
오늘도 내 마음속 작은 텃밭에
사랑과 행복의 꽃씨를 뿌린다

홀씨

봄바람에 실려 온 홀씨 하나
내 마음 밭에 사뿐히 내려앉아
싹을 틔웁니다
햇살 가득 따뜻한 자리에
사랑의 꽃을 피우소서

다시 가을이 오면
바람의 속삭임에
길을 나서겠지요
또 다른 꽃을 피울
뜰을 찾아서

내게는 그리움 한 조각
마음에 새기라 하실 건지요
아지랑이 같은 그대 모습
잊지 말라 하실 건지요

내 마음을 사로잡은 그대
어디서 오시어
어디로 가시나요

잃어버린 나

밤하늘에 별과 달도
딸 수 있을 것 같았고
뭉게구름을 타고
세계 여행을 꿈꾸던
강한 자신감을 잃어버렸다

가을바람에 또르르 구르는
낙엽만 봐도 웃음이 났고
친구랑 눈만 마주쳐도
주체 할 수 없었던
그 흔한 웃음을 잃어버렸다

언제 어디서 누구를 만나도 당당했고
권력이나 명예 앞에서도 비굴하지 않았고
어떤 어려움에도 불의와 타협하지 않던
불타는 정의를 잃어버렸다

비 오는 날이면 가끔 우산을 접고
흠뻑 비에 젖어도 보고
눈 내리는 날이면 전망 좋은 찻집 창가에 앉아
소홀했던 친구와 차를 마시며
마음의 무지개를 꽃피우던
풋풋한 낭만을 잃어버렸다

찾고 싶다
찾아야 한다
잃어버린 나를 찾아야 한다

시간의 무게

젊은 날의 하늘이 낮게만 보였던 건
세상을 채 알지 못하는
철없는 순수함이었을까
손만 뻗으면 떠다니는 구름도
잡을 수 있을 것 같았고
별도 달도 어루만질 수 있을 것 같았던
푸르른 청춘의 날에는
하늘과의 거리가 멀다는 사실을
미처 깨닫지 못했기 때문이었을 것이다

중년의 하늘이 높게만 느껴지는 건
짓누르는 삶의 무게로
몸과 마음이 무거워서가 아니라
굳이 뛰어오르지 않아도
점점 가까이 다가오고 있음을 알기에
애써 몸을 움츠려 하늘을 외면하고 싶음을
스스로 깨닫기 때문일 것이다

혼자 걷는 길

인생은 누구나
혼자 왔다 혼자 가는 거라지만
혼자가 되는 건 여전히
외롭고 쓸쓸하다

누군가가 내 곁을 떠날 때
안개처럼 밀려드는 외로움
허전한 마음으로 일상에 젖어 보지만
허기진 마음은 그 무엇으로도
채워지지 않는다

누군가를 떠나보낸다는 거
혼자가 된다는 거
쓰디쓴 쑥 뿌리보다 독하고
날카로운 그 무엇에 찔린 것보다
큰 아픔이지만

인생이란 어차피
혼자 왔다 혼자 떠나는 것이기에
오늘도 내 자신을 사랑하는 마음으로
세상을 향해 한 발씩 걷고 또 걷는다

세상일이 내 마음 같진 않지만

봄날 예쁘게 피는 꽃들이
떨어지지 않았으면 좋으련만

여름날 시원하게 쏟아지는 소나기가
순간순간 때맞춰 내렸으면 좋으련만

가을날 곱게 물드는 단풍잎이
낙엽으로 떨어지지 않았으면 좋으련만

겨울날 하얗게 내리는 눈송이가
얼어붙지 않고 비처럼 흘러가면 좋으련만

세상일이 모두 내 마음 같진 않지만
원망보다는 감사의 마음이 앞서는 건

내 마음을 내려놓지 못했음을 알았고
작은 것에 감사함을 몰랐기 때문이었다

내가 세상에 오지 않았더라면

만나지 못했을 거야

맛깔스런 음식을
예쁜 옷과 신발을
고요한 아침 바다를
신선함을 주는 초록의 숲을
계절마다 피어나는 예쁜 꽃을
알록달록 물들어 가는 고운 단풍을
친구의 다정한 눈빛과 따뜻한 미소를
강가에서 마시는 향기로운 차 한 잔의 맛을

물론 이 모든 건
당신이 내 곁에 존재함으로
필요한 것들이지만

내가 세상에 오지 않았더라면
이 모든 것들이 소중하게 느껴지도록
만들어 주는
당신을 만나지 못했을 거야

마음이 힘들어 질 때

누군가로 인해
그 무엇으로 인해
가슴이 답답해지고
살아가는 일이 힘들어질 때
습관처럼 마음이 갈망하는 곳은
시야가 확 트인 넓은 바다

오늘 찾아온 바다는
철썩임이 없고 쪽빛도 아니지만
묵묵히 썰물과 밀물을 반복하며
침묵의 지혜를 알려 주고
맑은 공기를 원 없이 내어 주는
고요한 바닷가 그리고 주변의 푸른 숲
가끔씩 산들바람 불어와
무겁게 짓누르는 삶의 무게와
마음을 어지럽히는 묵은 먼지까지
깨끗이 가져간다

하늘과 바다가 맞닿는
수평선을 바라보며
나를 짓누르는 힘듦과
내 손에 쥐고 있는 크고 작은 욕심을
남김없이 바다에 내어준다

친구

세상 그 어떤 사람보다
편하고
세상 그 무엇보다
사랑스럽고
세상 그 어떤 말보다
정겹고
세상 그 어떤 보석보다
빛난다

듣고 또 들어도
듣고 싶은 말
이유 없이 기분 좋아지는 말
무거웠던 어깨 짐이
가벼워지는 말
나이나 지위를 잊게 하는 말

외로움을 잊게 하는 말
커피가 생각나게 하는 말
여행을 떠나고 싶게 하는 말
갑자기 식욕이 생겨
입안에 침이 돌게 하는 말

친구야!
네가 있어 사는 게 즐겁고
세상은 더욱 아름답구나

가을이 오려나 보다

하루하루 높아지는 하늘이
유리알처럼 투명해지는 걸 보니
가을이 오려나 보다

나무마다 열린 과일이
바람결에 단맛을 내어 주는 걸 보니
가을이 오려나 보다

흔들리는 나뭇잎이
왠지 슬퍼 보이는 게
가을이 오려나 보다

잔잔하던 마음이 이유 없이 설레이고
누군가가 한없이 그리워지는 게
가을이 오려나 보다

이 산에 저 들에
그대 가슴에 내 영혼에
가을이 오려나 보다

삶의 여정

행복했던 날들
슬펐던 날들
지나온 삶의 시간을 모아
털실로 묶는다면
지구를 몇 바퀴 돌리고 남을 만큼
수북이 쌓였는데
언제쯤 그 많은 사연들을
한 올 한 올 엮어 볼까나

이런저런 사연들을 엮다 보면
바다를 덮을 만큼 넓고
하늘에 닿을 만큼 두툼하며
알록달록 고운 색으로 빛나겠지만
한 올 한 올마다 얽혀 있는
그리움과 아쉬움에 가슴이 시려와

풀잎에 매달린 이슬처럼
이슬을 덮어주는 풀잎처럼
작게 싸매고 곱게 덮어서
가슴 속 깊은 곳에 묻어 둔다

사람아

꽃보다 향기롭고
단풍보다 아름다운 사람아
아침 햇살보다 빛나고
저녁노을보다 찬란하여
차마 눈을 들어 볼 수가 없구나

이슬처럼 맑고
보석처럼 빛나서
어두운 세상을 환하게 밝히는
빛과 소금 같은 사람아

세상 어떤 꽃보다 향기롭고
그 무엇과도 바꿀 수 없는
보고 또 봐도 보고 싶은
사랑스런 사람아

그대가 있어 세상은 아름답고
그대가 있어 세상은 빛난다

시간 여행

가장
행복한 시간이
당신을 생각하는 시간이라면

가장
아름다운 시간은
당신과 함께하는 시간입니다

가장
슬픈 시간이
당신과 함께할 수 없는 시간이라면

가장
괴로운 시간은
당신과 이별을 준비하는 시간입니다

기다림

태양이
새벽을 기다리듯

꽃이
나비를 기다리듯

나는
당신을 기다립니다

촛불이
어둠을 기다리듯

달과 별이
밤을 기다리듯

낮이나 밤이나 나는
당신을 기다립니다

이슬

해가 저물고
어둠이 내려앉으면
소리 없이 대지를 촉촉이 적시고
풀잎마다 은구슬 엮어
반짝반짝 빛나는 보석을
아침 햇살에게 선물합니다

하루도 변함없이 빠지지 않고
맑은 날에는
더욱 많이 내려서
풀잎의 목마름을 해갈시켜 주고
꽃과 나무의 깊은 잠을
보드라운 손으로 깨우기도 합니다

누가 소나기와 빗물을
찬미하나요
세상에서 가장 큰 단비가
이슬인 것을

가을엔

가을엔
이별하지 마세요
나무마다 크고 작은 과일들이
예쁜 옷 차려입고
대롱대롱 매달려
부는 바람에 떨어질세라
힘겹게 붙잡고 있잖아요

가을엔
이별하지 마세요
온갖 녹색의 나뭇잎들이
울긋불긋 고운 옷으로
갈아입고도
차마 길 떠나지 못하고
바람에 파르르
흐느끼고 있잖아요

가을엔
이별하지 마세요
가슴엔 스산한 바람 불어와
지난 추억들 낙엽처럼 쌓여가고
어디론가 먼 길 떠나는 발자국 소리
바스락 바스락 귓가에 울려 퍼져
검푸른 가을밤을
하얗게 지새우고 있잖아요

가을엔, 가을엔
이별하지 마세요

해운대 바다

어릴 적 꿈을 키우던 곳
백사장 주변엔
크고 작은 소나무가 듬성듬성
자태를 뽐내며 서 있었고
날이 흐릴 때면
자욱한 안개가 내려앉아
그림처럼 아름답고
한적했던 그 바닷가

언제부턴가 건물이 하나둘
바닷가 주변을 부끄러운 듯 서성이더니
이제는 하늘을 찌를 듯한
높은 건물 숲들이 보란 듯이
그 옛날 소나무 숲을 밀어내고
자리를 잡았다

옛 모습은 간데없이 사라져
낯설기만 한데
변함없이 반겨 주는 파도
백사장을 집어삼킬 듯
숨 가쁘게 달려와
하얀 거품 품어 대며
어서 오라 반긴다

밤이면 휘황찬란한 네온사인으로
옛 모습을 무색하게 하지만
검푸른 파도는 변함없이
내 마음과 바다를 지키고 있다

머물다 온 자리

어릴 적 내가 살던 곳
푸른 바다를 바라보며 꿈을 키웠지
파도가 하얀 거품 앞세우고
힘차게 달려오는 모습조차도
사랑스러웠다

엄마의 고운 목소리
아버지의 인자하신 웃음소리
아침 햇살이 밝게 웃으며
함께 하자는 듯 창문을 슬쩍 넘어온다

빙 둘러앉은 아침 밥상에
웃음꽃을 곁들이니
진수성찬이 부럽지 않았던
풍요로움이 좋았다

말없이 흘러버린 세월 앞에
기억 저편에서 웃고 있는 사람들
그 안에 내가 보이고
정겨운 사람들이 모여 앉았다

그대와 걷는 길

봄에는
꽃잎을 밟으며
여름에는
빗방울을 밟으며
가을에는
낙엽을 밟으며
겨울에는
흰 눈을 밟으며

아침에는
이슬을 밟으며
낮에는
햇빛을 밟으며
밤에는 별빛을 밟으며

일 년 365일
그대와 걷는 길은
순간이 기쁨이고
매일이 행복 길이다

그러지 마라

시간이 지나면
모든 게 변한다지만
곱지 않은 너의 눈빛이
내 마음을 아프게 한다
너, 그러지 마라

한 계절이 오랫동안
머물지 못한다지만
방황하는 너의 모습이
내 마음을 아프게 한다
너, 그러지 마라

바람도 한 자리에
머물지 못하고
물도 낮은 곳으로
흘러야 한다지만
떠나려는 너를 보니
내 마음이 울고 있다
너, 그러지 마라

나의 하루

쓴 음식이 몸에 좋다지만
때로는 달달한 초콜릿이
삶의 활력을 주기도 하지

그래서 난
아메리카 노보다는
부드럽고 달콤한 라테를 좋아하나 봐

살아가는데 쓴 음식 같은 일만 있다면
삶이 많이 힘들 텐데
가끔씩 꿀처럼 달콤한 일들이 있기에
세상은 살만하지 않던가

동이 트지 않고 매일이 어둠뿐이라면
해가 뜨지 않고 매일이 흐린 날이라면
지구의 모든 생명은
하나도 존재하지 않을 거야

빛과 어두움이 적절하게 움직여 주기에
생명이 있는 모든 게 살 수가 있듯
그대의 따뜻한 웃음이 있기에
나의 하루가 빛난다

그대 모습

밤하늘에 빛나는
별을 닮았습니다
어둠 속에 유난히 반짝이는 별
그대 눈빛을 보는 듯하여 자꾸 바라보게 됩니다

향기가 아름다운
나리꽃을 닮았습니다
몇 송이 화병에다 꽂아 놓으면
온 집안이 당신의 향기로 행복이 가득합니다

웃는 모습이 사랑스러운
벚꽃을 닮았습니다
봄을 젤 먼저 알리고
잎보다 먼저 피는 성질 급함까지
당신을 닮은 듯하여 사랑스럽습니다

붉게 타오르는
저녁노을을 닮았습니다
세상을 환히 밝히다가
아쉬움만 한 아름 안겨주고 떠나는 게
그대의 뒷모습을 보는 듯하여 슬퍼집니다

행복한 이유

가끔씩 그대가
말도 안 되는 억지를 부려도
나는 바보처럼
웃기만 합니다

봄이 여름을
여름이 가을을
가을이 겨울을
겨울이 봄을

그대가 나를
내가 그대를

사랑하기 때문에

언제나 그대를 보면
웃음만 짓는
나는 행복한
사랑바보인가 봅니다

후회

친구야 미안하다
우리가 함께한 시간이 얼마인데
순간의 잘못된 말 한마디가
우리의 우정을 산산 조각나게 했구나

무덤까지 가자던 너의 목소리가
오늘따라 유난히 듣고 싶어진다
찰랑대던 너의 고운 단발머리가
오늘따라 유난히 보고 싶어진다

같은 하늘 아래 어딘가에서
너도 나처럼 그리워할 때도 있겠지
인연이 주어진다면
우연처럼 만날 날 있으리라

우리 다시 만난다면
이제는 두 번 다시 헤어지지 말자
너에게 들려주고 싶은 말도 많고
너에게 듣고 싶은 말도
하늘에 닿을 만큼 쌓였단다

몰랐다

꽃이 예쁘게 피어
좋아라만 했었지
지는 꽃을 보며
눈물지을 줄은 몰랐다

기쁠 땐, 슬픈 날이 올 걸 몰랐고
슬플 땐, 기쁠 날이 올 걸 몰랐다

사랑하는 사람들이
영원히 곁에 함께 할 거라고만 알았지
세월이 지나면
내 곁을 떠날 줄은 몰랐다

떠나는 사람 보내면
잊혀 질 줄 알았는데
내 마음 깊은 곳에 머물러
눈물지을 줄은 몰랐다

외로움은 내 친구

언제부턴가
단짝이 되어버린 내 친구
시도 때도 없이 찾아와
이런저런 상황을 알려주고
때로는 과제로 남겨주는
밉지 않은 친구

낮이건 밤이건 새벽이건
내가 부르면 언제든 달려와
이런저런 이야기로
내 마음을 즐겁게 하기도 하고
고민도 함께해 주는
미워할 수 없는 친구

어젯밤엔 내 진로를 놓고
함께 고민해 주더니
끝내 답은 알려주지 않고
훌쩍 자리를 비웠지

친구야,
오늘 밤에 다시 오거든
어젯밤 풀지 못했던 답을
꼭, 알려주길 바란다

네가 있어 행복하고
네가 있어 외롭지 않구나
고맙다, 내 친구야!

해법 없는 공식

만남과 이별이 주는
기쁨과 고통 어디에 비길까?

아이가 태어나
세상과 만났을 때
따뜻하게 웃어 주는
엄마와의 첫 만남
가슴 설레는 만남 뒤에
수많은 이별이 기다리고 있음을
아이는 생각이나 했을까?

따뜻한 봄날
파릇파릇 솟아나는 새싹들
예쁘게 차려입은 꽃잎들
여름 가고 가을 오면
바람 따라 낙엽 되어 떠난다는 걸
연둣빛 새싹은 생각이나 했을까?

영원 하자던 친구, 다정하던 연인들
세월 지나고 빛바래면
새로운 만남에 굳었던 약속
기억 속에 묻는다는 걸
생각이나 했을까?

새로운 만남의 기쁨
영원할 것 같았던 행복
연이어 찾아오는 이별의 고통
세월의 흐름에 서 있는
너와 나 그리고 사람과 사람들!

만남과 이별
해법 없는 고차원적 삶의 공식이다

지우개

살아온 날들을
생각하다 보니
지우고 싶은 순간들이 떠올라
커다란 지우개 하나 들고
한 가지씩 지워본다

지우고 또 지우다 보니
찢어지는 건 오히려 내 마음이더라
때처럼 떨어져 나가는 기억 속에
누군가에게 받았던 사랑이 있고
누군가에게 받았던 은혜가 있고

지우개가 모자라
다 지우지 못할 거라 여겼었는데
그 빈자리에 무얼 채워 넣을까
고민했는데
찢어지는 가슴이 너무 아파
지울 것도 잊고
채울 것도 잊은 채
조용히 지우개를 내려놓는다

제목 : 지우개
시낭송 : 박영애
스마트폰으로 QR 코드를 스캔하면
시낭송을 감상할 수 있습니다.

봄소식

밤새 나뭇가지가
작은 바람에 전율하더니
봄은 나뭇가지 끝에 와 있다
사탕 물은 아이의 볼처럼
나뭇가지 끝이 올록볼록 한 게
금세라도 싹이든 꽃이든
건드리면 터뜨릴 거처럼
잔뜩 부풀려져 있다

밤새 알 수 없는 설레임으로
밤잠을 설치게 하더니
봄은 내 가슴에 와 있다
소리 없이 내려앉는 이슬처럼
달콤하고 촉촉한 아이스크림처럼
따뜻하고 포근한 엄마 품처럼
그리움과 설레임 한 아름 안고
허락 없이 내 가슴에 안겼다

꽃이 피기까지

겨우내 얼었던 땅속에서
오직 한 가닥 꿈을 안고
임이 올 그 날만을 기다리며
작은 홀씨 품에 안고
따뜻한 체온으로 감싸 안고
긴긴 겨울을 보냈으리라

햇살이 내려앉고
얼음이 녹아내리자
품에 안았던 홀씨
연둣빛 치마저고리 곱게 입혀
땅 밖으로 힘껏 밀어 올리고
빈껍데기 된 몸 새싹의 거름 되어
행복하게 썩어 간다

땅속 사연을 알았던 걸까
낮엔 햇살이 안아 주고
밤엔 별빛이 지켜주고
새벽엔 이슬이 덮어주고
가끔씩 단비가 내려
몰라보게 키워 내더니

어느새 싱그러운 잎이 되고
마침내 화사하게 단장한
예쁜 신부 되어 곱게도 피었건만
기다리던 임은 언제 오려나
오늘도 서산에 해가 기운다

강화도

그 옛날
물살이 거칠고
수심이 깊었을 외딴 섬
출렁이는 파도를 거슬러
작은 배 한 척에 몸을 실은 채
가슴에 한을 안고 찾았을
벼슬하던 옛 임들의 자취와
깊은 한숨 소리가
일렁이는 물 결속에
묵묵히 잠겨 있다

한 맺힌 임들이 밟았을
발자국을 따라 걷다 보니
해묵은 나목들이 세월의 흔적을
덕지덕지 온몸에 계급장처럼 붙이고 서 있지만
당시에 누가 왔었냐고 물어봐도
아무런 대답은 없고
지금은 굵어져 버린 나목의 허리를 붙잡고
흐느꼈을 임들의 눈물을 닦아 주었나 보다
선선한 바람 한 점 불어오더니
두 뺨을 스치고 지나간다

병실에서

빈부의 격차 없이
학벌의 중요성 없이
예쁘고 못남의 구별 없이

똑같은 옷 입고
똑같은 침대에 누워
같은 시간에 잠들고
같은 시간에 일어나서
같이 밥을 먹는다

각자의 살아온 길이 궁금하지 않고
굳이 예쁘게 보이려고 화장하는 이 없고
목소리 높여 화내는 이 없고
질투나 욕심이 없고
아픔과 고통을 나눠 갖는 곳

그곳에
꾸밈없는 사랑이 있고
아낌없는 배려가 있고
욕심 없는 웃음이 있고
넉넉한 여유가 있고
끝없는 기다림이 있고
봄꽃 같은 희망이 있다

사람이 좋다

마음을 아프게 하는 사람
남의 단점을 즐겨 말하는 사람
거짓말을 잘하는 사람
하는 말마다 상처를 주는 사람
만나면 괜히 기분 좋아지는 사람
이유 없이 기분이 나빠지는 사람

낯선 곳에 가면
젤 먼저 다가와 손 내밀어 반기다가
시간 지나보면
이유 없이 뒤통수치는 사람

얼굴이 예쁜 사람
노래를 잘하는 사람
분위기를 잘 살리는 사람
리더십이 있는 사람
말을 잘하는 사람

사람 땜에 웃고
사람 땜에 울고

그러나 살아가는데
사람 없인 살 수 없는 세상

자연이 좋고
물질이 좋다지만
그래도 역시 사람이 좋다

향수

마냥 즐거웠던 길
행복에 겨워 콧노래 부르며 걷던 길
영화 속 주인공이 된 것처럼
폼나게 걷던 길
친구와 도란도란
얘기꽃을 피우며 걷던 길

그 길이
오늘처럼 비가 내리는 날이면
생각이 난다
현실이라는 벽에 부딪혀
잠시 잊고 살았던 길
연어가 고향을 찾 듯
오늘 문득 되돌아가고 싶다

그 길을 걷고 싶다
그 땅을 밟고 싶다
그 파도 소리를 듣고 싶다
그곳에서 밤하늘에 별을 보고 싶다
그곳에서 추억들을 하나하나 주워 모아
텅 빈 마음의 주머니에 담고 싶다

진정한 사랑

선무당 사람 잡는다 했던가?

진정한 사랑을 몰라서
부모가 아이를 힘들게 하고

친구가 친구를. 이웃이 이웃을
동로가 동료를. 형제가 형제를

인간이 자연을
인간이 지구의 모든 걸

사랑한다는 이유로

자기 눈높이로. 자기 잣대로
자기가 만든 틀에 맞춰 넣으려고

사랑한다고 말하는 사람들에게
얼마나 많이 힘들게 하는지

진정한 사랑이란
나에게 맞춰 주길 바라는 게 아니라

내가 맞춰 가야 하는 거 아닐까?

지워지지 않는 추억

이젠 잊으렵니다
그 많은 추억 지우렵니다

지난날의 추억들을 담고 있으려니
새로운 추억을 둘 곳이 없어
아쉽지만 지우렵니다
따뜻했던 그 정 못 잊어
긴 세월 가슴에 간직했는데
새로운 만남의 정 둘 곳 없어
그립지만 지우렵니다

밤새 지우고
날 잡아 지우고
일삼아 지우고

더 이상 지울 것이 없다 생각되어
지우개를 버렸습니다
그런데 한 올 한 올 떠오르는
이 그리움은 무엇일까요
모두가 그대로인 채
하나도 지워지지 않았습니다

인생은 기다림의 연속

봄에 씨앗을 뿌리고
가을을 기다리는
농부의 마음처럼

아이를 잉태하고
어른이 될 때까지 기다리는
엄마의 마음처럼

다람쥐 쳇바퀴 돌리듯
반복된 일상에서 주말을 기다리는
직장인들의 마음처럼

학원으로 학교로 반복하는 지루함 속에
방학을 기다리는
학생들의 마음처럼

행복한 하루의 시간을 보내고
각자의 집으로 가야 하는
연인들의 마음처럼

기도하는 사람들의 마음처럼
열차나 비행기에 몸을 실은 사람들의 마음처럼
사랑하는 사람을 기다리는 연인들의 마음처럼

꽃구경 가자

친구야
꽃구경 가자
바쁜 걸음 멈추고
쉬었다 가자

예쁜 꽃들이 웃고 있잖아
우리 함께 어울려
마음껏 웃어 보자

꽃처럼 예쁜 내 친구야
너랑 나랑 손잡고
꽃구경 가자

그랬지

별도 달도 구름 뒤로
숨어 버렸고
가로등은 가물대다
꺼져 버렸고
무겁게 내려앉은 어둠은
발길에 걸려 휘청거렸지

밤새 온몸에선
신열이 났고
갈기갈기 찢겨진 마음은
너덜너덜 바람에 흩날리더니
상처 난 가슴에 이슬방울 떨어지다
소나기 되어 흘러내린다

너와 헤어지던 그날
네가 떠나가던 그날

그때는 몰랐습니다

저기 저 길 따라 걸으면
행복이 있다기에
한여름 뙤약볕도 마다하지 않고
한 발 두 발
쉬지 않고 걸었습니다

저기 저 산 넘으면
행복이 기다리고 있다기에
외롭고 힘들어도
지친 몸과 마음 달래면서
하루하루 걸었습니다

세월이 지난 지금에야 알았습니다
그 모든 건 항상 내 곁에 있었음을
내가 애써 찾지 않아도
그림자처럼 따라다니고 있었음을
그때는 몰랐습니다

나는 알았습니다

그 누구도
나에게 주어진 인생을
대신해 줄 수 없다는 것

그 누구에게도
나에게 주어진 인생을
맡길 수 없다는 걸

죽을 만큼 사랑하는
사람일지라도
그대 인생을 내가
내 인생을 그대가
책임져 줄 수 없다는 걸

김향아 제2시집

초판 1쇄 : 2016년 5월 25일
지 은 이 : 김향아
펴 낸 이 : 김락호
디자인 편집 : 이은희
기 획 : 시사랑음악사랑
인 쇄 : 청룡
연 락 처 : 1899-1341
홈페이지 주소 : www.poemmusic.net
E-Mail : poemarts@hanmail.net

정가 : 10,000원

ISBN : 979-11-86373-37-8